FICHE DE LECTURE

Document rédigé par Myriam Hassoun
maitre en histoire de l'art
(Sherwood College)

AF670813

Hygiène de l'assassin

Amélie Nothomb

lePetitLittéraire.fr

10 % DE RÉDUCTION SUR
www.lePetitLittéraire.fr

Rendez-vous sur lePetitLittéraire.fr et découvrez :

- plus de 1200 analyses
- claires et synthétiques
- téléchargeables en 30 secondes
- à imprimer chez soi

Code promo : LPL-PRINT-10

Amélie Nothomb
Romancière belge

- **Née en 1967 à Kobe (Japon)**
- **Quelques-unes de ses œuvres :**
  Hygiène de l'assassin (1992), roman
  Stupeur et Tremblements (1999), roman
  Une forme de vie (2010), roman

Belge née au Japon en 1967 dans une famille de diplomates, Amélie Nothomb passe son enfance et son adolescence entre l'Asie et les États-Unis, au gré des affectations paternelles.

Elle obtient une licence de philologie romane à l'université libre de Bruxelles. Après un retour avorté au Japon, son premier roman, *Hygiène de l'assassin*, parait en 1992, et inaugure une activité de publication abondante et métronomique. Nothomb se met elle-même en scène dans plusieurs de ses courts récits, qui narrent souvent des troubles relationnels entre une victime et son bourreau. Le dialogue est sa forme d'expression privilégiée.

Figurant parmi les auteurs francophones les plus lus aujourd'hui, Nothomb connait par ailleurs une exposition médiatique exceptionnelle.

Hygiène de l'assassin
Un roman noir hors du commun

- **Genre :** roman
- **Édition de référence :** *Hygiène de l'assassin*, Paris, éditions Points, 1992, 199 p.
- **1re édition :** 1992
- **Thématiques :** laideur, nourriture, enfance, ennui, meurtre, bourreau/victime

Hygiène de l'assassin est le premier roman d'Amélie Nothomb. Publié en 1992, il a permis à son auteure de recevoir deux prix littéraires. Dans un livre que lui a consacré la chercheuse Aleksandra Desmurs en 2009, Nothomb a déclaré que ce roman était son « manifeste », c'est-à-dire qu'il comportait tout ce qu'elle pensait de l'art d'écrire, ainsi que sa vision du monde. Cette première œuvre contient par ailleurs beaucoup de références autobiographiques, notamment le problème de l'auteure avec la nourriture ou sa nostalgie de l'enfance. En tant que premier roman, *Hygiène de l'assassin* recèle enfin plusieurs éléments de Nothomb que l'on retrouvera dans les livres suivants : les thèmes de la laideur, de l'obésité et de l'amour problématique, le gout pour l'humour noir et l'érudition, ainsi que l'importance des dialogues.

RÉSUMÉ

Prétextat Tach est un grand écrivain français âgé de 83 ans qui a reçu le prix Nobel de littérature. Il est obèse, vit seul parce qu'il est profondément misanthrope et se déplace en fauteuil roulant. Il est sur le point de mourir des suites d'une maladie très rare : un cancer des cartilages appelé « syndrome d'Elzenveiverplatz ». La rumeur de son agonie se répand rapidement et des journalistes du monde entier veulent le rencontrer pour recueillir une dernière interview. Cela n'intéresse l'auteur que parce qu'il désire humilier ses interlocuteurs et ainsi mettre fin à son ennui. Ernest Gravelin, le secrétaire particulier de Tach, est chargé de faire le tri parmi toutes les demandes et un premier journaliste est autorisé à rencontrer l'écrivain. Il arrive chez Tach un matin avec son magnétophone. Commence alors un long dialogue au cours duquel le vieil homme s'amuse à détruire toutes les questions qui lui sont posées. Le ton finit par monter entre les deux hommes et l'écrivain chasse le journaliste de chez lui. Malade de peur, ce dernier se réfugie dans un café où l'attendent ses collègues qui se moquent de lui en écoutant l'enregistrement de l'interview ratée.

Le lendemain, l'écrivain se livre à une nouvelle passe d'armes avec un deuxième journaliste qui cherche à le faire parler de la crise du Golfe. Mais Tach préfère aborder le sujet de son cocktail favori. Le journaliste décide alors de faire tourner la conversation autour des habitudes alimentaires de l'écrivain obèse qui finit par lui détailler ses journées par le menu, un quotidien routinier rythmé par des repas gras, des après-midis passées à fumer et des bains que vient lui donner une infirmière qu'il déteste. Prétextat Tach énumère ses repas, tous plus lourds et dégoutants les uns que les autres, jusqu'à rendre le journaliste malade. Ce dernier s'enfuit alors pour vomir. Il rejoint ses confrères au café et ceux-ci se moquent de lui.

Un troisième journaliste, un peu plus retors que les précédents, arrive chez le vieil homme. Il tente de le faire parler de la guerre en Irak, qui est sur le point d'éclater, mais l'écrivain veut démontrer au journaliste qu'il est bon et généreux : il se compare au Christ et affirme que son métier ressemble à un grand sacrifice pour l'humanité. Le journaliste lui répond avec ironie, mais Tach s'emporte et le fait sortir de chez lui. L'interviewer rejoint ses collègues qui écoutent l'enregistrement : on découvre que tous ont en fait peur de l'écrivain, mais qu'au fond d'eux, ils aimeraient être comme lui.

Un quatrième journaliste se rend chez Prétextat Tach et lui apprend que la guerre a commencé. L'écrivain compare les livres à des armes, et développe toute une théorie sur l'écriture et sur ce qu'il faut à un homme pour être un vrai auteur. Cette dernière interview est plus longue, parce que son interlocuteur est plus calme que ses confrères. Tach lui explique sa haine des femmes et lui avoue sa virginité. L'interviewer est finalement lui aussi sommé de prendre la porte : il va rejoindre ses confrères et on apprend que Gravelin exige une copie des enregistrements de chaque interview.

Le 18 janvier, Prétextat Tach a la surprise d'accueillir une femme journaliste, Nina, âgée de 30 ans, qui a lu tous les livres de l'auteur. Il commence par l'insulter, mais elle le force à lui faire des excuses parce qu'elle a compris qu'il agissait comme cela pour ne plus s'ennuyer. Ayant trouvé son point faible, elle désire prendre l'avantage sur lui et, alors qu'elle menace de le laisser seul, l'écrivain cède. Par ailleurs, la journaliste a mené une enquête à son sujet : elle a découvert qu'il a été orphelin à l'âge de 2 ans et qu'il a été élevé avec sa cousine Léopoldine par la famille noble et très riche de sa défunte mère. À l'âge de 14 ans, Prétextat Tach et sa cousine ont prêté le serment de ne jamais devenir adolescents. Ils se sont astreints à une hygiène de vie très stricte, destinée à les empêcher d'entrer dans la puberté.

La journaliste lance un défi à Tach : le premier qui fera craquer l'autre aura le droit d'exiger de son adversaire qu'il rampe devant lui. Le vieil homme accepte, persuadé, à tort, qu'il va gagner, comme avec les journalistes précédents. Cependant, très vite, la journaliste l'accuse d'avoir tué sa cousine. Nina a découvert cela non seulement en enquêtant dans la ville natale de Tach, mais aussi en lisant son fameux roman inachevé, *Hygiène de l'assassin*. Par un coup de bluff, la jeune journaliste parvient à faire avouer au vieil homme que ce récit est autobiographique. Elle lui fait croire qu'elle a retrouvé une photo de lui datant d'avant ses 18 ans où il était très beau, comme le personnage de son livre. Prétextat Tach révèle alors toute la vérité : il l'a tuée par amour, pour l'empêcher de devenir une femme. Cela s'est passé le matin de son anniversaire, le 13 aout 1925, lorsqu'il a découvert qu'elle avait eu ses premières règles alors qu'ils nageaient tous les deux nus dans un lac. Il raconte ensuite dans les détails comment il a étranglé sa cousine et comment, par la suite, il s'est mis à manger jusqu'à devenir obèse. Mais, comme il l'avouera plus tard, il n'est pas coupable de ce seul crime. En effet, il a mis le feu au château familial et a tué le reste de sa famille dans l'incendie.

La journaliste veut savoir pourquoi *Hygiène de l'assassin* est resté inachevé. Tach est obligé d'expliquer qu'il n'a pas su comment finir le roman et que cela a mis un terme à sa carrière d'écrivain. Par ailleurs, il lui démontre que personne n'a lu correctement son livre ; sinon, il serait en prison depuis longtemps.

Nina fait le rapprochement entre la strangulation de Léopoldine et le cancer des cartilages qui touche l'écrivain : le cancer des assassins. Tach est heureux de ce rapprochement et affirme que cela ferait une fin parfaite pour *Hygiène de l'assassin*, mais il soupçonne Nina d'être plus qu'une simple journalise : il pense qu'elle a des comptes personnels à régler avec lui. Nina nie avoir toute relation avec l'écrivain et le force à avouer qu'il est un assassin. Elle le met par terre car elle a gagné et il doit donc ramper devant elle.

Mais, une fois le ventre à terre, Tach a peur de mourir car il ne parvient plus à respirer. Ce faisant, Nina a l'impression de venger l'assassinat de Léopoldine. Cependant, elle accorde un répit au vieil homme en le retournant pour lui donner de l'air : il lui dit alors qu'il est amoureux d'elle, mais elle décide de l'étrangler. Nina le tue rapidement et on comprend qu'elle est devenue comme lui : la jeune journaliste est désormais une meurtrière, qui porte en elle le même souvenir de mort que Prétextat Tach.

Le décès du vieil écrivain apporte un grand succès à ses livres et, dix ans après son assassinat, il devient un auteur classique.

ÉTUDE DES PERSONNAGES

PRÉTEXTAT TACH

Prétextat Tach est le personnage principal du roman : c'est un écrivain qui a eu le prix Nobel de littérature et qui a cessé d'écrire vingt ans auparavant, laissant un roman inachevé.

Tach est un vieil homme de 83 ans. Il est atteint d'une maladie rare, le syndrome d'Elzenveiverplatz, un cancer des cartilages « dépisté au XIXe siècle à Cayenne chez une dizaine de bagnards incarcérés pour violences sexuelles suivies d'homicides » (p. 8, inventé par Nothomb). L'écrivain est obèse et il ne se déplace plus qu'en fauteuil roulant : « Cet homme était tellement gras que depuis des années il avouait ne plus être capable de marcher. » (p. 8) Tach est décrit comme très laid, pâle et imberbe. Il dresse de lui-même un portrait physique répugnant : « Quatre mentons, des yeux de cochon, un nez comme une patate, pas plus de poil sur le crâne que sur les joues, la nuque plissée de bourrelets, les joues qui pendent. » (p. 18) La seule chose belle chez lui est sa voix : « Il est vrai que vous avez une très belle voix. » (p. 10)

Quant à sa personnalité, Tach est d'abord orgueilleux : il se désigne lui-même comme un génie et on apprend qu'il a rédigé sa propre épitaphe. C'est ensuite un misanthrope et un misogyne : « Si je vis seul, ce n'est pas tant par amour de la solitude que par haine du genre humain. » (p. 59)

Il déteste tout le monde (Ernest Gravelin, son secrétaire particulier, et son infirmière, qu'il traite de « salope » à maintes reprises) et il a une haine des femmes très profonde. On sait aussi que, sur ses vieux jours, il s'est mis à tenir des propos racistes : « On commence par engager des femelles, on finit par engager des nègres, des Arabes, des Irakiens ! » (p. 84) Au fil des interviews avec les différents journalistes, on remarque que Tach manie une langue châtiée : c'est un érudit dont le discours est parsemé de citations latines et de mots peu usuels. L'écrivain a également des théories bien tranchées sur l'écriture, la lecture, le monde tel qu'il va, et ne se prive pas pour en faire part à ses interlocuteurs, sans peur du politiquement incorrect.

Prétextat Tach est un personnage désagréable qui, malgré la maladie qui le ronge, n'inspire aucune pitié au lecteur. Amélie Nothomb en fait quelqu'un de répugnant et de profondément méchant, doué cependant d'une intelligence sans pareil.

NINA

Quand elle apparait, dans la deuxième partie du roman, Nina semble être l'exact opposé de Prétextat Tach : c'est une jeune femme de 30 ans dont même le vieil écrivain finit par avouer qu'il la trouve belle. Mais on découvre que la jeune journaliste est elle aussi très intelligente et perspicace. S'engage alors un véritable bras de fer entre les deux personnages. Nina trouve très vite le point faible de Prétextat Tach : « Cher monsieur, je savais que vous vous emmerdiez. Vous ne m'apprenez rien. » (p. 87)

Par deux fois, elle tente un coup de bluff et arrive à ses fins, c'est-à-dire à faire plier le vieil homme malade. Elle utilise le même langage que Prétextat Tach et s'amuse à lui répondre sur le même ton que lui : « Il y a un exercice qui me fait particulièrement jouir : humilier les femelles prétentieuses, les merdeuses dans votre genre. – Moi, mon divertissement de prédilection, c'est dégonfler les grosses baudruches satisfaites d'elles-mêmes. » (p. 89) Elle a découvert, en lisant attentivement son roman inachevé, que Tach est en fait un assassin : il a tué sa cousine Léopoldine quand il avait 18 ans. Dans la deuxième partie du roman, celui-ci voit sa parole confisquée par la jeune journaliste : « Tout à l'heure, vous disiez que vous n'aviez rien à me dire. Ce n'est pas réciproque. » (p. 91) Le dialogue s'inverse et c'est Nina qui mène la partie. Par sa perspicacité, elle s'attire le respect de l'écrivain, mais elle fait preuve d'autant de cruauté que lui : elle le force à ramper devant elle, puis finit par l'étrangler. Nina est donc un personnage complexe, qui évolue au fil du dialogue avec Tach, jusqu'à devenir comme lui à la fin du roman.

LES JOURNALISTES

Quatre journalistes, tous des hommes, se succèdent pour interviewer Tach avant l'arrivée de Nina. Ils ne sont jamais nommés, au contraire de leur consœur : ils sont une masse informe représentant les médias en général. Ils sont tour à tour flatteurs, admiratifs ou parfois ironiques avec le vieil écrivain, mais aucune de ces méthodes ne marche et Prétextat Tach a toujours le dessus sur eux. On découvre qu'ils ont peur du vieil homme et qu'ils aimeraient être comme lui : Amélie Nothomb décrit les journalistes comme des écrivains ratés qui ne sont même pas capables de bien se renseigner sur le sujet qu'ils doivent traiter, puisqu'aucun des quatre interviewers n'a lu les romans de Tach. Aucune solidarité n'anime non plus cette confrérie car, à chaque fois que l'un d'entre eux revient traumatisé de son entretien, les autres se moquent de lui

LÉOPOLDINE

Même si elle n'apparait pas dans le roman, c'est un personnage clé dans la vie de Prétextat Tach qui en garde un souvenir ému. C'est la cousine de l'écrivain : ils ont été élevés ensemble dans le château familial et une histoire d'amour est née entre eux. Prétextat Tach lui a fait jurer qu'ils ne deviendraient jamais des adolescents et l'a tuée le jour de ses premières règles. Léopoldine, par la voix de l'écrivain, est décrite comme douce et belle : « Léopoldine était l'enfant la plus belle, la plus heureuse, la plus analphabète, la plus savante. » (p. 112) C'est un personnage aérien qui s'oppose à la lourdeur du vieil homme. Leur histoire d'amour est racontée par Tach à Nina dans une tonalité lyrique et poétique qui détonne au vu de l'habituel langage cynique, voire ordurier, dont use l'écrivain dans le reste du roman. Il faut noter aussi que cette cousine assassinée porte le même nom que la fille de Victor Hugo (écrivain français, 1802-1885) qui est morte noyée en 1843 à Villequier, ce qui en fait un personnage hautement romantique.

CLÉS DE LECTURE

UN ROMAN NOIR

Hygiène de l'assassin est un roman noir par plusieurs aspects :

- c'est d'abord le portrait d'un assassin hors pair, dont le crime odieux a bien failli ne jamais être découvert : Prétextat Tach a étranglé sa cousine, puis tué toute sa famille dans un incendie, ce qu'il raconte dans son livre inachevé mais que seule Nina a su découvrir. Dans la deuxième partie du roman, la jeune journaliste raconte son enquête : elle a fait des statistiques et lu toutes les œuvres de l'écrivain. « J'ai été la seule à flairer la vérité » (p. 123), dit-elle. Le vocabulaire utilisé dans toute cette partie est celui des romans policiers : enquête, bluff, preuves, témoins, etc. La confrontation de la jeune journaliste et du vieil écrivain se met à ressembler à une garde à vue : « Vous venez encore de passer aux aveux » (p. 122) ;
- il y a du suspense : Amélie Nothomb semble s'amuser à retarder le dénouement, à la manière des auteurs de romans policiers. On ne sait qui de Tach ou de Nina est le plus dangereux : dès le début du dialogue, un défi est lancé (« Je propose que l'enjeu soit identique pour nous deux : si je craque, c'est moi qui rampe à vos pieds, mais si vous craquez, c'est à vous de ramper à mes pieds », p. 88) et on comprend vite qu'il va en fait s'agir d'un combat qui mènera à la mort de l'un des

deux protagonistes. Tach menace Nina de l'étrangler : « J'ai très envie de vous aider à mourir. » (p. 131) Mais finalement, c'est la jeune femme qui étranglera l'écrivain : la scène de meurtre est très brève : « La journaliste s'exécuta sans bavure. Ce fut rapide et propre » (p. 180) ;

- le roman propose une vision pessimiste de la nature humaine : Prétextat Tach est un personnage répugnant et boursouflé, dont l'intelligence ne lui sert qu'à faire du mal (il rend malade les quatre journalistes). Son discours est celui d'un misanthrope, pour qui même l'amour est objet de mort (il prétend avoir tué sa cousine parce qu'il l'aimait). Si Nina, au contraire, peut apparaitre au début comme l'antidote à tant de cynisme, on découvre vite qu'elle n'échappe pas à la règle cruelle du genre humain : elle devient une meurtrière et la réincarnation de l'horrible écrivain, son avatar. *Hygiène de l'assassin* peut donc se lire comme un roman noir dont aucun des personnages ne sort indemne. De plus, il est à observer que dans le récit, tout plaisir est invariablement source de mort et de mal (nourriture, sensualité, plaisir esthétique).

UNE CRITIQUE DE LA SOCIÉTÉ

Le roman présente, en filigrane, une critique du monde actuel :

- une société violente : l'arrière-fond de l'action est le début de la guerre en Irak, ce qui en fait un roman réaliste d'une certaine manière puisqu'il est ancré dans l'actualité de son temps. Si Prétextat Tach prétend ne pas prendre part à ce qui se passe dans le monde, les évènements arrivent quand même à lui, par la voix des journalistes qui viennent l'interviewer et qui lui annoncent que le conflit a commencé;

- des médias vautours : la critique de la médiatisation à outrance est omniprésente dans le livre de Nothomb par la manière dont elle dépeint les journalistes et leur façon de se comporter. Les médias sont présentés comme des vautours, qui tournent autour de tout ce qui pourrait faire sensation (la mort imminente d'un homme célèbre, une guerre sanglante et longue). En même temps, les quatre interviewers sont de piètres lecteurs et ils sont montrés comme incompétents, formatés, lâches et peureux;
- Prétextat Tach, un héros rebelle : en opposition à une société présentée comme bienpensante et superficielle, l'écrivain est clairement décrit comme un rebelle. Il fume, boit, mange très gras, et se moque de son poids et de sa laideur. Il utilise un langage grossier pour exposer ses théories misogynes et racistes, et ne craint pas la médiatisation de certaines révélations à son propos (il avoue sa virginité sans peur de la voir étalée dans les journaux). Le vieil écrivain semble être tout ce que la société actuelle n'est pas et pourtant, il n'échappe pas à l'agressivité de celle-ci : il y a une forme de tragédie de l'humain dans *Hygiène de l'assassin*, selon laquelle personne ne peut se soustraire à une certaine forme de violence, même en voulant rester juste (comme Nina) ou même en se mettant à part de cette société (comme Tach). « Regardez autour de vous et regardez-vous vous-même : le monde grouille d'assassins » (p. 164), affirme d'ailleurs l'écrivain à Nina dans la deuxième partie du roman.

L'ÉCRITURE COMME MOYEN DE NUIRE

Au centre du roman, à travers la voix de Prétextat Tach et suivant le destin de Nina, Amélie Nothomb expose une certaine vision de l'écriture et de la lecture. Le vieil homme, à maintes reprises, explique écrire pour nuire aux lecteurs : pour lui, nul lecteur véritable ne sort indemne d'un de ses livres et la vraie littérature fait mal. Le seul auteur qui trouve grâce aux yeux de Tach est d'ailleurs Louis Ferdinand Céline (écrivain français, 1894-1961), misanthrope et nihiliste.

Avec les mots, Tach nuit gravement aux journalistes venus l'interviewer (il rend malade le deuxième intervieweur rien qu'en lui décrivant ce qu'il mange tous les jours), mais avec ses livres, il se donne pour but de nuire à l'humanité. Pour arriver à ses fins, il lui faut en face de « vrais lecteurs », c'est-à-dire « au sens carnassier du terme » (p. 125) : la lecture véritable est assimilée à l'action de manger et, même si elle est rare, elle est capable de transformer celui qui s'y adonne, comme la nourriture transforme le corps. Nina est une des rares vraies lectrices de Tach, ce qui la mènera à se transformer en un monstre meurtrier à la fin du roman. Prétextat Tach, quant à lui, est finalement pris à son propre piège puisque son ultime acte d'écriture, le roman inachevé, aboutit à sa propre mort par strangulation. Chez Amélie Nothomb, écrire et lire ne sont pas des choses sans conséquences : la lecture n'est pas un divertissement mais un risque que l'on prend si l'on s'y adonne avec profondeur.

UN STYLE THÉÂTRAL POUR UN ROMAN GOTHIQUE

Hygiène de l'assassin est composé en grande partie de dialogues, ce qui l'inscrit clairement dans une théâtralité assumée : Amélie Nothomb a d'ailleurs écrit de nombreuses pièces de théâtre et le roman a été adapté pour les planches à maintes reprises.

L'action se déroule en huis clos : tout se passe dans l'appartement de Tach, décrit comme sombre, et les scènes extérieures (la réunion des journalistes au café) sont situées juste en face de cet appartement. Le temps qui rythme les différentes scènes est un temps court (un jour après l'autre) et il y a très peu de passages narratifs entre les différents dialogues. Cette théâtralité permet de lire *Hygiène de l'assassin* comme une tragédie moderne : une machine infernale se referme sur les personnages jusqu'à la scène finale qui est une scène de meurtre.

Cependant, l'œuvre reste bel et bien un roman car il n'y a aucune didascalie et il subsiste de la narration au passé. Amélie Nothomb joue donc avec les codes du roman et du théâtre, faisant appel largement à l'imagination du lecteur pour remplir les vides et les ellipses. Cela fait d'*Hygiène de l'assassin* une œuvre tragique, à l'humour parfois très noir, et qui s'inscrit assez librement dans une tradition romantique, voire gothique : la référence à Léopoldine, la fille d'Hugo, et à sa noyade, ainsi que l'obscur serment d'amour des deux cousins dans un château qui finira par bruler, ancrent assez franchement le texte dans la lignée des auteurs romantiques du XIXe siècle, et en particulier dans celle d'Edgar Allan Poe (écrivain américain, 1809-1849) avec *La Chute de la maison Usher*. Par ailleurs, la composition du roman est proche de celle d'un récit gothique (premier journaliste, deuxième, troisième, quatrième, puis Nina, la fraiche jeune femme qui s'aventure dans l'antre du dragon qu'elle finit par vaincre, mais non sans dommage).

PISTES DE RÉFLEXION

QUELQUES QUESTIONS POUR APPROFONDIR SA RÉFLEXION…

- *Hygiène de l'assassin* est le titre du roman d'Amélie Nothomb, mais c'est aussi le titre de l'œuvre inachevée de Tach. Expliquez le choix de ce titre, en fonction de votre lecture de l'œuvre et de la définition du terme « hygiène ».
- Amélie Nothomb a déclaré considérer ce premier roman comme son « manifeste » : en quoi *Hygiène de l'assassin* peut-il être lu comme tel selon vous ?
- La thème de la nourriture : montrez comment Amélie Nothomb rend ce motif problématique à travers le personnage de Tach.
- En quoi la fin du roman est-elle tragique ? Répondez à la question en vous appuyant sur la dernière phrase : « Dix ans plus tard, il était un classique. »
- Commentez cette affirmation de Prétextat Tach : « Le monde grouille d'assassins, c'est-à-dire de personnes qui se permettent d'oublier ceux qu'ils ont prétendu aimer. »
- À la page 92, Tach affirme être plus nocif que Saddam Hussein en écrivant ses livres : êtes-vous d'accord avec cette vision de la littérature comme art de nuire à l'humanité ?

- Après avoir lu *La Chute de la maison Usher* d'Edgar Allan Poe, montrez comment *Hygiène de l'assassin* s'inscrit dans la lignée des auteurs gothiques. Montrez aussi comment le roman s'en éloigne librement.

POUR ALLER PLUS LOIN

ÉDITION DE RÉFÉRENCE

- Nothomb A., *Hygiène de l'assassin*, Paris, éditions Points, 1992.

ADAPTATION

- *Hygiène de l'assassin*, film de François Ruggieri, avec Barbara Schulz et Jean Yanne, 1999.

SUR LEPETITLITTÉRAIRE.FR

- Fiche de lecture sur *Le Sabotage amoureux* d'Amélie Nothomb
- Fiche de lecture sur *Mercure* d'Amélie Nothomb
- Fiche de lecture sur *Stupeur et Tremblements* d'Amélie Nothomb
- Fiche de lecture sur *Une forme de vie* d'Amélie Nothomb

Retrouvez notre offre complète sur lePetitLittéraire.fr

- des fiches de lectures
- des commentaires littéraires
- des questionnaires de lecture
- des résumés

Anouilh
- Antigone

Austen
- Orgueil et Préjugés

Balzac
- Eugénie Grandet
- Le Père Goriot
- Illusions perdues

Barjavel
- La Nuit des temps

Beaumarchais
- Le Mariage de Figaro

Beckett
- En attendant Godot

Breton
- Nadja

Camus
- La Peste
- Les Justes
- L'Étranger

Carrère
- Limonov

Céline
- Voyage au bout de la nuit

Cervantès
- Don Quichotte de la Manche

Chateaubriand
- Mémoires d'outre-tombe

Choderlos de Laclos
- Les Liaisons dangereuses

Chrétien de Troyes
- Yvain ou le Chevalier au lion

Christie
- Dix Petits Nègres

Claudel
- La Petite Fille de Monsieur Linh
- Le Rapport de Brodeck

Coelho
- L'Alchimiste

Conan Doyle
- Le Chien des Baskerville

Dai Sijie
- Balzac et la Petite Tailleuse chinoise

De Gaulle
- Mémoires de guerre III. Le Salut. 1944-1946

De Vigan
- No et moi

Dicker
- La Vérité sur l'affaire Harry Quebert

Diderot
- Supplément au Voyage de Bougainville

Dumas
- Les Trois Mousquetaires

Énard
- Parlez-leur de batailles, de rois et d'éléphants

Ferrari
- Le Sermon sur la chute de Rome

Flaubert
- Madame Bovary

Frank
- Journal d'Anne Frank

Fred Vargas
- Pars vite et reviens tard

Gary
- La Vie devant soi

Gaudé
- La Mort du roi Tsongor
- Le Soleil des Scorta

Gautier
- La Morte amoureuse
- Le Capitaine Fracasse

Gavalda
- 35 kilos d'espoir

Gide
- Les Faux-Monnayeurs

Giono
- Le Grand Troupeau
- Le Hussard sur le toit

Giraudoux
- La guerre de Troie n'aura pas lieu

Golding
- Sa Majesté des Mouches

Grimbert
- Un secret

Hemingway
- Le Vieil Homme et la Mer

Hessel
- Indignez-vous !

Homère
- L'Odyssée

Hugo
- Le Dernier Jour d'un condamné
- Les Misérables
- Notre-Dame de Paris

Huxley
- Le Meilleur des mondes

Ionesco
- Rhinocéros
- La Cantatrice chauve

Jary
- Ubu roi

Jenni
- L'Art français de la guerre

Joffo
- Un sac de billes

Kafka
- La Métamorphose

Kerouac
- Sur la route

Kessel
- Le Lion

Larsson
- Millenium I. Les hommes qui n'aimaient pas les femmes

Le Clézio
- Mondo

Levi
- Si c'est un homme

Levy
- Et si c'était vrai...

Maalouf
- Léon l'Africain

Malraux
- La Condition humaine

Marivaux
- La Double Inconstance
- Le Jeu de l'amour et du hasard

Martinez
- Du domaine des murmures

Maupassant
- Boule de suif
- Le Horla
- Une vie

Mauriac
- Le Nœud de vipères

Mauriac
- Le Sagouin

Mérimée
- Tamango
- Colomba

Merle
- La mort est mon métier

Molière
- Le Misanthrope
- L'Avare
- Le Bourgeois gentilhomme

Montaigne
- Essais

Morpurgo
- Le Roi Arthur

Musset
- Lorenzaccio

Musso
- Que serais-je sans toi ?

Nothomb
- Stupeur et Tremblements

Orwell
- La Ferme des animaux
- 1984

Pagnol
- La Gloire de mon père

Pancol
- Les Yeux jaunes des crocodiles

Pascal
- Pensées

Pennac
- Au bonheur des ogres

Poe
- La Chute de la maison Usher

Proust
- Du côté de chez Swann

Queneau
- Zazie dans le métro

Quignard
- Tous les matins du monde

Rabelais
- Gargantua

Racine
- Andromaque
- Britannicus
- Phèdre

Rousseau
- Confessions

Rostand
- Cyrano de Bergerac

Rowling
- Harry Potter à l'école des sorciers

Saint-Exupéry
- Le Petit Prince
- Vol de nuit

Sartre
- Huis clos
- La Nausée
- Les Mouches

Schlink
- Le Liseur

Schmitt
- La Part de l'autre
- Oscar et la Dame rose

Sepulveda
- Le Vieux qui lisait des romans d'amour

Shakespeare
- Roméo et Juliette

Simenon
- Le Chien jaune

Steeman
- L'Assassin habite au 21

Steinbeck
- Des souris et des hommes

Stendhal
- Le Rouge et le Noir

Stevenson
- L'Île au trésor

Süskind
- Le Parfum

Tolstoï
- Anna Karénine

Tournier
- Vendredi ou la Vie sauvage

Toussaint
- Fuir

Uhlman
- L'Ami retrouvé

Verne
- Le Tour du monde en 80 jours
- Vingt mille lieues sous les mers
- Voyage au centre de la terre

Vian
- L'Écume des jours

Voltaire
- Candide

Wells
- La Guerre des mondes

Yourcenar
- Mémoires d'Hadrien

Zola
- Au bonheur des dames
- L'Assommoir
- Germinal

Zweig
- Le Joueur d'échecs

Et beaucoup d'autres sur lePetitLittéraire.fr

© **LePetitLittéraire.fr, 2013. Tous droits réservés.**

www.lepetitlitteraire.fr

ISBN version imprimée : 978-2-8062-1092-0
ISBN version numérique : 978-2-8062-1946-6
Dépôt légal : D/2013/12.603/327